忘却の審判

水野満尋
Michihiro Mizuno

発売元　静岡新聞社

忘却の審判

水野　満尋

目次

Chapter I

忘却のジャッジ

からみつく糸の細さよ。切り裂くのは黄ばんだ牙だ。哄笑。それを卑劣として憎むのか。だが、憎悪の鬼は子供達のヒーローである。アンモナイトの土塀を愛撫しつつ。さあ、忘却を慈しめ。からみつく糸は鋼鉄の類ではない。

噛み切れない糸がある。巨大な蒸気機関車。その咆哮、怯える耳小骨の、滴り……空襲のリヤカーの坂道は背広の死体で、檸檬の香りもあった。稲で手を朱に染め、嘆息する農夫の肺も今、マグニチュード高床倉庫で貯蔵されている。

オールライズ。薄暮のギルティ。老醜の役員達の鼻梁、幕僚達の脂ぎった頬、蒼白き王の首筋も、老婆の曲がった背にも。

全員起立。無へのベクトル。生物学的現象として型紙を取り、きれいに裁断していく。

ワスレテシマッタノダカラシカタナイ。

忘却のジャッジへ。一艘の舟が桜にまみれた河を下る。

ゼッタイニワスレナイ。
ワスレタクテモワスレラレナイ。

喉奥の裂傷が疼き、痛苦の記憶よ。忘却を欲するか、抵抗するか。そう、やはり忘却は憎む。忘却はお前をお前でないものとする。だが、本当にそうなのか。

歴史よ、中生代白亜紀の風。鋼鉄の類ではない。痩せた鰊達はただ口をあけている。

9

忘却のジャッジ

十年ネクタイ

高校卒業とともに弾かれた町に、二十年ぶりに帰還し、それから十年が過ぎた。濃密な少年期と比し、その十年は希薄な炭酸水を泳いだ。

小さなコンクリートの城を建立した。グレーの机と椅子を並べると、そこに多くの幼虫達が涌出し、這って、戯れ、成長すると消えた。

俺は一匹のネクタイとなって語って、吼えていた。時に笑い、狂いもした。巨大な、真っ黒い「意味」達にゆくゆく、喰われないように。

電信柱には無数の「現実」の椋鳥達が集い、十年を鳴く。強風が襲うが鳥達は動かない。

11 十年ネクタイ

蓋の開閉

開かれた蓋から飛び出た死者達は狂った夏の地を這っている。傍らの道は煙を吐く生きた獣の群が規則正しく走行する。青空にはかすれた雲……高らかな歌など歌いはしない。蝉の鳴き声は救急車のサイレンに混じって融ける。寺の入口の庭の骨太の緑の葉には、九分の一ほど赤茶けた錆びついた葉が。白髪の美しい僧侶が経を読んだ。木魚は痛みを感じず叩かれた。グレーの数珠の痩せた女、ベージュの作業着の小太りの男、ゼンマイ仕掛けの幼児、褐色の異郷の少女もいた。間の抜けた扇風機にあおられ、死の国からの声を聞いている。

供養が回転している。不可視の死者達。俺のＤＮＡにおそらく組み込まれているだろう物質。狂った熱の中、浸透してくる。

開かれた蓋。僧侶の声は時折かすれ、僧侶の声なのか、生者の喉なのか、死者の息なのかわからなくなる。

ひとり、またひとりと倒れていく。遠くで救急車が叫ぶ街。読経は続く。見えない細胞達が彷徨う。数日後に本当にこの蓋は閉じられるのか。日傘をさした若い女の人形が倒れながら笑っていた。

黒い電話

深夜の黒い電話。鼓膜に、にがいミルクが流れこむ。
声は、かつての親しかった友のようでもあり、まだ
見ぬ女のようでもあり、ボイスチェンジャーで変形
された奇妙な幼児のようでもあった。

深夜の黒い声。声は呟くようでもあり、叫ぶようで
もあり、聴神経から脳へ、脳から骨へ、骨から曼殊
沙華の公園へ。

声のあまく濁ったミルク。それは非難するようでも
あり、ほめたたえるようでもあり、傷を抉り、傷か

ら海へ、海から片足だけの靴へ。

切断された電話。空白の部屋から肉へ、肉から暗い空へ、空から土偶達が憩う灯りへ。それは笑うようでもあり、嘲るようでもあり、嘆息するようでもあった。

残った息。息から最後の声へ、声から赤い夢へ、夢から黴の生えた台へ、のぼっていった。

死んだ店

死んだ店がそこにある。臨終の前日、その死の予告と再生（それは店の再生ではない）俺は未来の亡霊達と握手をしていた。

死んだ店が佇んでいる。確かにそれは九年間通った巣穴だ。気だるい酒、冷えた獣達に火を通してもらって胃に入れた。暴風雨の夜、俺は狂った王として、この店に押し入り酔っ払った（こともある）。

「入居者募集」闇が光を求める（かのような錯覚を与え）、真空がモノを、容れ物が中味を、形式が内容を、求める（かのような錯覚を与え）、いくつもの細い神経が延びてきて、あのシャッター商店街の葬列を想起させるが、そうではない。死んだ店がずれている。夜の眩暈か。違う。きのう見た位置ではない。あきらかなずれ。「入居者募集」の文字もずれ、かすかな、小さな春の虫達の声が聞こえ、甘美な罠。ずれているのは俺か。ああ、俺はいつもずれ、生まれた時からずっと、ずれ。いや、ずれているのは死んだ店だ。いや、やはり生きている俺、あるいは死んでいる俺。違う。生きていたのか、店。いや、やはり俺。店。死んだはずだ。生きているのか、店、俺、折れ、祈れ、ずれて、ずれ、ずっ、ずっ、ずれ、ずれてそこにある。

故郷を憎む

故郷とは何か。それが生誕の地ならとうの昔に忘れている。

―イッコ上の連中とは合わないんだ。ニコ上のシュウとはダンスダンスダンス。

俺が嫌悪したのはそうした酒場の声だ。薄汚いビリヤード場の片隅からも聞こえた甲高いキューの声。だから低気圧の上昇気流。オオバコへのリスペクトを笑いたければ笑え。

重要なのは夜だ。眠らない人々の中枢神経。原始的な運動神経へと伸び、陽気な声帯。

―ねえ、覚えている？

戸惑いは冷たい等差数列と捉えられ、どの部分かわからぬが、それは俺の脳の欠陥だという言い訳もできず、「顔」を記憶できない脳は、汗さえ流すが、すると今度は僅かな変化にもパニックを起こすようになり、ああ、そうか底面積×高さの顔面ならば。一番長く住んだ地が故郷ならそれも違う。俺が一番長く住んだのはビルの暗紫色だ。喘息の肺で。

雨が好きだ

雨が降っている。白い音が俺を呑み込み、部屋は窒息する。人さらいの眼差し。苔の生えたアパートの四階で膝を抱えた幼い頃の俺。天から吐き出された。

——醜悪の季。

遠い砂漠の村から雨が降ってくる。我慢した分、液体は濃く搾り出され、やがて静かな耳に変わり、思いきって窓を開けると、目のすわった十九歳の俺やら、当時俺が殺した女やら、ともに罪を犯した六十七度というありきたりの鋭角の友やらが水たまりで溺れていた。

——臭気の刻。

雨が壊れている。公園で骸骨達と踊ると、そこにはびしょ濡れになって笑う老人の俺がいて、俺の眷族達もいて、生きている者も死んでいる者も互いに発狂の挨拶をかわして、雨はやまない。

——じっとしてろよ、梅雨前線。雨が好きだ。

逆川のほとりのディスコミュニケーション

「逆川が光っている」
―川岸の桜達は殺戮されたのよね
「俺達が生まれる前、凍った川で本当にスケートなんかできたのかい？」
―左心室達が歓声をあげ
「十九の首が注ぐ小川で洗われたという伝説も聞いた」
―川辺の喫茶店で、あなたと飲んだバナナジュースはただれていた
「掛川城の草むらで当時の俺達、ちっぽけな不良高校生がイクサの真似事したのは覚えてる？」

—アヒルの鳴き声ってヘン
「朱に染まった橋で負けた俺は石を投げたっけ」
—傷を負った私、骨折に気がつかなかった私、女子高生だった私が、川を横目に漆黒の栗ヶ岳を走っている
「ヘリコプターがうるさい」
—あの時、川にギザギザの文庫本を投げつけたのもあなたでしたね
「井戸よ、今こそもう一度霧を吹け」

レイン

—寝てたの？

目を開くと、ひとりの女の瞳が上方から差し込んだ。

—ああ。

起き上がれない。傷だらけの顔。こんな時にやってくるとは。年をとったね。いや、それはオタガイサマか。レイン。

スカイブルーの自転車に乗っていたね。直線の縦棒。右斜め上方への曲線。それを俺の指が這う。愛撫した。

レイン。お互いガキだったな。後悔なんてする訳ない。だけど俺が絶望などというアリキタリと闘っている時、それに疲れて、うたたねをしている時、四十四年ぶりにやってくるとは。相変わらず意地が悪いな。レイン。でも、まあ、生きててくれてよかった。

スカイブルーの自転車に乗っていたね。俺の体が起き上がる。俺の腕が伸びていく。その細い首に巻きつき、今度こそ本当に殺してしまった。

ビルで吠える

俺の記憶が確かなら(「地獄の季節」アルチュール・ランボオ)

あの頃、定規でひかれた時代の終わり、ハチマキをした子供達へ、ビルの密林で吠えていた。その部族の長として。いななく馬のクラクションと沁みわたる珈琲が伴奏だった。

酩酊の季。汗と涙と血を垂れ流し、その時代、区切られた時代の、大量の残虐、理不尽な小便、闇、病み、狂気、負の正常を、右腕を伸ばそうとするが、伸ばしきれず固まり、子供達を引き連れての吹雪の中での行進では、固まった腕のまま、先頭の俺は白く凍った息を吐いていた。それは一枚の写真として残され、寒風舞う街角の電信柱にポスターとして張りつき、やがて破られた。田舎の祖父の死、祖母の死、父の死をほんの数秒で通過し、都市の見知らぬ子供達に世界の変革を、未来を夢見、俺は狂犬のように、あのミヤコで吠えていたのだ。

そのビルから錯綜した線路をさ迷ったのち自然の土へと飛び込んだ人工の部下がいた。昇りつめた動脈を破裂させた、唯一気を許した同期の上司もいた。

あれからまた違った幾何学的模様で時代は区切られ

る。新年という奴がへらへら笑いながらやってきた。

俺はこの地で、雨漏りをどうにかこらえたこのビルで、あの頃とはまた違った狂犬として吠え続けるのだろう。このビルの屋上にも青白いシャベルが突き刺さっている。

Chapter II

忘却のセカンド

忘却への侮蔑を俺はけっして許しはしない。それは大いなる自然だから。風化に対しての善良な市民の正義の矢などというのは貫通させせない。

身体への敬意を笑うか。小柄な二塁手はきょうも昭和の夕日を見ている。なぜかとの問いはこっちが片頬で笑ってやる。昼か夜かはわからぬ。夕日と言ったが実は朝日かもしれない。きょうの日付は人類の悪しき習慣の残滓で「我思う、ゆえに我あり」は存在に対する差別だと糾弾する。二塁手の足には明後日も泥にまみれたセイタカアワダチソウがからみついている。

「問題なのは忘却というケビョウでしょう」

生徒会副会長の金色のボタンの舌が歪んだ。悪いがそういう点を考える気が俺にはないと言うと、生徒会副会長は遠い空を見る。透明な蒼く痩せた空を。

二塁手。副会長。二番バッター。副部長。そんなものばかりが俺のまわりを蠢いて、ああ、忘却のセカンド。

「一位は富士山だが、二位は知らないよね」とあの研修で言ったのは副部長のピアスだった。一位を好み、一位にこだわる組織であったが、そもそも何が一位なのか、一位とは何なのか、副部長はわからなくなっていき、ああ、これもまた忘却のセカンド。

セカンドの次に来るものはない。

最強は二番打者だというのも、ひとつの時代の流れの帰結で、民衆は二次政権の悪夢に酔い、その王国の池に二度唾を吐く。

奇妙な花

車庫の傍らの乾いた地に小さな花がひとつ咲いていた。蒲公英。なぜ、この極寒の季に。車は発進できず、その黄色い花へと目を注いだ。奇妙な花だ。花弁は三分の一ほどしかない。残り三分の二は削り取られている。人の痕跡はない。ギザギザの葉。これは蒲公英でしかありえないが、季節にしろ、形姿にしろ異常である。

それで発見の悦びに打ち震えているのか。愚かな奴め。あるいは、つまらぬ日常を砕く実存として見ているのか。うすっぺらな偽善。もっと醜い偽悪。この声を聞いたとでもいうのか。何も語ってなどいないぞ。

包帯で被われたビルがある。蝸牛の化物のような室外機が回っている。郭公の鳴き声と「通りゃんせ」の歌が交互に信号機から聞こえる。これもまた季節はずれの金木犀の匂いが便所の汚物とまざって。

翌朝、目ざめて車庫へ行くと、そんな花はなかった。

校歌（なぜかパントゥム）

石堀山はけっして明るくなくて
われらが清水は君達の清水だった
東海ひいずるは真白き富士ではなくグレー
その麓にぞという矜持は保っているか

われらが清水は君達の清水だった
俺は濁りつづけたよ
その麓にぞという矜持は保っているか
つまらぬでっかいプライドだけは……

俺は濁りつづけたよ

純白の金魚を銃で撃ち
つまらぬでっかいプライドだけは……
校舎の倉庫に暗い傷痕を残し

純白の金魚を銃で撃ち
小鳥も電線で死んでいたよ
校舎の倉庫に暗い傷痕を残し
メディアに操作されるＡＩの血飛沫の夕焼け

小鳥も電線で死んでいたよ
もがくゼンマイ仕掛の脚、もう見たくない
メディアに操作されるＡＩの血飛沫の夕焼け
石堀山はけっして明るくなくて

沈黙のレタス

レタスに、塩をかけて食べるのが好きだった。いや、嫌いだったのかもしれない。しかし、君はそんな塩だらけのレタスを食べていた。沈黙の少年。教室の窓からレバーを投げた古典的学級委員の美少女より俺は君を憶えている。狂乱の教室、反吐の飛び出る祭りでも君は無言だった。時に君は宙吊りにされ、時に君は罵倒され、時に君は殴り倒されたが無言だった。現在とは違って病名のない世紀に、時に笑われ、時に呆れられ、そして次の瞬間、恐れられて、誰も近寄らなくなった。な。近寄らなくなった。ゾ。像。沈黙の像。

レタスを食べる。塩のついたレタスを食べる。塩まみれのレタスを食べた。

あれから俺達は大人という化物になった。俺はあの頃避けた血生臭い鰯を好んで食すようになった。君はまさかレタスに甘いミルクを垂らして食っているのではあるまいな。

アノマチ、カコマチ

目的などなかった。十三歳の時、一年だけ住んだ街を、およそ半世紀ぶりにひとり訪れた。一地方都市のN。通過した少年期の駅は初夏の日射しの中、思いのほか静かだった。

棲息したはずのアパートは当然のように消えている。建造物も死があり生がある。土の中へと沈んだのだろう。通った中学、球拾いをした紺色の、ユニフォームの、市営の野球場、すれ違う少女の、眉間の皺は確かに、あの時の台風の、洪水の……少女の、よそ者には聞きとれなかったアナウンスの……アノマチ、カコマチ。音楽室にはワーグナーのタンホイザー序曲が流れていた。

久々の発汗と足の痛み。平成に汚染された匂いのカレーと昭和がこびりついた化粧の、地図では近くに海があるのだが、あの一年、一度も足を運ばなかった。座したのは川だ。堤にひとりの友と腰をおろし、その友の母が作ったという菓子を、マドレーヌという名称を初めて耳にし、初めて口にし、筆をとった。眼前の川は小さく、聳えるビル達を蒼黒く塗りつぶした。完成した絵は教師に提出し、教師はぶっきらぼうに受けとり、蒼黒い熱は盗まれていた。

その川を見て歩く。流れはゆるやかで、あの時見たビルも半世紀ぶりに見る。化物だったビル。

アーケードを歩く。妙な歓声が上がり、山車が現れる。褶曲した断層の祭に法被姿の男達が踊る。狂う。歌う。五十年前の少年は呑み込まれ、溺れ、回転抽選機となる。アノマチ、カコマチ。小石の、ナマイキな小石が通過した……初夏の駅、かすれていく樹木の線路。ぶらさがった少年の屍体の、アノマチ、カコマチ。

真空のソラへ

いつ誰が「勝つ」とか「負ける」とか、そういう勝負という概念を植樹したのだろう。「絶対に負けてやる」というのは「絶対に勝つ」と同じくらい、当然、その維管束に刻まれている。無関心の類もまた。真空のソラはないのか。そんなソラこそ人為的な不純物だという声も聞こえるが。勝負を否定すると人はこの世から放逐される。だが、それでもそうした薬草を胃に入れぬ者はいる。

―「俺」ならそんな薬草・毒草は口にしたふりをして、唾液とともにバレぬよう、後ろを向いて吐き出すな。

ひょろ長い顔の男が云った。いつの世も弱者こそが最高の強者だ。いや、強者とか弱者とか、それこそ汚濁の土壌で微笑んでいる。

真空のソラよ。真空のソラへ。そのソラを凝視する。広大な、湿った大気の不可能を見る。薄い網膜ふるえる。

巨大な雲にクルウ

空を見ると巨大な五月の雲が支配していた。

あの日、確かに俺は誓ったのだ。野望。こんな世界は変革してやると。革命家ではなく、テロリストでもなく、幼いガキのナルシズムか、岸辺の水仙、いや……違う、復讐としての（それも違う）、乱反射の自己嫌悪（カッコつけたくもない）。

チャイムが鳴る。ブザーが吠える。シベリウスのフィンランディアが舞った朝。空。鯉なのか、恋なのか、わからぬ、屋根より高い、コイから滴る、マルピーギ小体の、正体の、滴る、稚魚の、銀色の、滴る、小便の、涙（泣いてなんていないぞ、汗だ、またカッコつけた）が、見える。

生きている。やがて死ぬのだろうが生きている。

ねえ、もう五月だし、逆川の桜は死んじゃっただろうね。浮かび、沈み、*生まれ生まれ生まれ生まれて……死に死に死に死に死んで……空海の青い声が視神経を這った。

凝視せよ。空を。

生きる。あの巨大な雲の透き間に土星が微笑んでいるじゃないか
獲得せよ。あの輪を。汚れたくすぐったい地を、知を、血を、転がる「和」ではなく、巨大な五月の、空の、雲の、透き間の、あの、土星の輪を。

*空海「秘蔵宝鑰」参照

夏の物置

ぎらぎらと黄色い太陽。揺れる小さな花が咲く庭へ出ると、その片隅に古びた物置が気怠い皮膚。開くはずもない朽ちた戸に手をかけると、戸は微かな呻きとともに簡単に開き、真夏の正午に灰を、かびた醤油煎餅の匂いを漂わせた。

国道一号で観光バスに衝突した小学生の自転車がある。いくつもの若く狂った文字を吐き出したワープロがある。ひびわれたプラスティックのプリンター。束ねられた古代ローマからの新聞。雑誌の嘔吐。科挙の時代からの試験の答案まで積み重ねられていて、一番上の百という数字に顔がほころぶが、一枚めくると次は九十九、また次の一枚をめくると九十八で、そのへんまでは許せたが、一枚めくるたびに点数は減っていき、次第に恐怖が生じ、一番下の答案を見ると、0ではなくマイナス千八百九十二だった。真夏の息を吐く。「明日の星」という漫画本も積み重ねられていて、これはその下の本が「昨日の星」となっていて、そのあとの展開は読めたので、唾を吐いた。昨日の水を飲む。

顎を上げて物置全体を見た。眩暈をもたらす重力と浮力が、生きている死者と死んでいる死者が闇で舞踏し、かびた醤油煎餅が……鈍い発熱反応。熱が、この夏でしかない熱が、燃えはしない炎とともに、燃えて燃え、燃えずにもえ、モエ？　モヘ、ヘヘットト、ト……戸を閉めた。

プールから、俺達ウォーターアタッカー

いつからだろう。自宅の前に小学校があり、毎年夏になるとそのプールから常に漂流する「今」の子供達の声、水飛沫。今年は耐えられず木戸を開け、外に出ると、濁った大気、狂いの熱、に包まれ、うつつの足が「過去」に固まりつつあるアスファルトに沈んでいく。

―俺達の風は誰にも渡さない。

聞こえたのは数メートル先のプールの水ではなく、プールサイドに放置された緑色のガラスの如露の中の腐りかけた水草の細い、けれども強い、睫毛とその吐息。

空には飛行機……青空と白雲に憧れたんだ。亜熱帯の島にもね。

俺達ウォーターアタッカー。防御は知らぬ。おやつに食べた灼熱のアイスキャンディは贅沢な三十円で、地中海のオレンジまでまぶしてあったんだぜ。

ぴすとるが。心臓には向けられなかったが、背に向けられ、スタートさせられ、違う、スタートしたんだ。人生などという時代がかったレーンへ。挑発するコンクリート。英国製だという鞭も子供の鼻でせせら笑ってやった。

—俺達の風は誰にも渡しはしない。

隣の小学校のプールから子供達のはしゃぐ声が聞こえる、聞こえない「今」か「過去」かわからぬ子供達の水へと溶けた、沈んだ、重い、声にならない息も聞こえた。

初冬のお化け屋敷

休日だから久しぶりにみんなで出かけないかとイトコのKちゃんに誘われたので頷いた。俺の家族一同は俺以上に同意した筈なのに、スナック菓子が大好きな姉は蒲団を敷いて横になり、潮干狩りが大好きな祖母はもう死んでいた。「行くって言ったじゃん」との俺の声は無視され、俺はKちゃんの旦那の運転するトラックの荷台に乗っていた。百貨店の地下でお化け屋敷をやっているという。どうしてこんな時期にという疑問は封鎖され、入口には全身にメソポタミアの白粉を塗した全裸の男が項垂れていた。経営者に叱られたのではないかとの記憶はポセイドンの海馬、それ以上走らず、チケットを握ると穴へと這入り込んだ。「ヤミ」と思うとすぐに仄白い空間が広がり、眼前を子犬が横切る。その広場には間隔を保った多くの生きた人間達がいて、そよ風のようではあったが声も揺れていた。尿意を感じた俺は便所を探すが、どこにもそんなものはなく、やっと見つけると若いゲームセンターに突き抜け、機械音響き、今度は人間が沸騰していて、それを掻き分けると一本のまっすぐな道があり、古びた木造の俺の自宅があり、ミズシラズの他者が暮らしていた。

Chapter III

第三の忘却

白い花々がやわらかな波となり、泡となり、俺の耳朶を這う。遺影の男の額はその時代の知を刻む。日が滲んだ焦げ茶色の開襟シャツ。凝視すると、その口が微かに開いた。

――*本当の事を云おうか。

静謐の海を一匹の時計が跳ねた。

――すべては忘却されてしまった。


「時」とともに生きてきた。けっして逆行しない怪物と。停止は故障と判断し、その度ごとに拡大鏡を纏った。七十七年。

棺が開かれた。今度は硬い花々が。長年伴走してきた車椅子の老婆のハンカチは揺れ。すると嗄れた声がまた。

―第二の忘却は、忘却が開かれる。


痩せた顔だった。明らかに生は消失している。死者の身体。だが声が。気難しい時計職人の、あるいはやさしい町の時計屋の。俺の左手首にも、この店で購入したミッドナイトブルーの時計が、高校入学以来切り離せない手錠として巻きついている。

―第三の忘却。お前にだけ、それを語ってやろうか。

**それをお前が聞けば、この世界は凝固する。それから亀裂が生じ、やがて世界は滅亡し、再生し、滅亡し、凍りつき、亀裂が生じ……

棺の中で右腕が伸び天へと昇っていった。それを俺は晩秋のこの町の片隅で見た。

＊谷川俊太郎「鳥羽」参照
＊＊吉本隆明「廃人の歌」参照

幻の啄木鳥

夢の中で小鳥が樹木をつついている。それなのに音がしない。聞こえてくるのはゴミ袋をつつく黒い錐。駅へと向かうスーツと鞄と革靴。アスファルトの囁き。

夢の中に小鳥の赤い腹がある。それなのにヘモグロビンが見えない。見えてくるのは柔らかな匙で満たされた胃袋。広場へと向かう体操服とリュックサックとスニーカー。乾いた土の彩り。

夢の中で小鳥が樹木を上下に動く。それなのに離れられない。飛翔せよ。空へ。叩いているのは嘴ではなくて拳だった。赤い腹は狂った唇だった。哄笑が聞こえる。砕ける頭蓋骨。破壊するラプソディーの音色。タダよう。

キリギリスが眼に入った

薄暮の障子の桟の帰宅の部屋、緑の葉の眼の凝視、耐えられず親指、人差指、挟み、除去せんと欲すると跳ねた。植物、動物、錯乱する脳は靄かかるが、はぁ、見抜いた。キリギリス。痩身の尖った眼、彼岸からも注がれ、対峙すれば、二本の指の中ばたついていたモノ飛び込んだ。俺の眼球に。無の痛苦。が、やがて不安押し寄せ、眼に異常なく、視界も良好だが、はぁ、これは緊急事態。否、錯覚?障子快活に跳ねるキリギリス探した。偽りである。畳に死にたえるキリギリス探した。それが俺だ。が、屍何処にもあらず。さだめ受け入れネットにて検索す。

「キリギリスが眼に入った」

パサージュの奥の眼科医の家屋の軋む音。天から注がれる巨大な目薬の一粒滴る。画面から俺の身体包むが、希求する回答にあらず。すると未知の病という手垢にまみれた、手垢にまみれた障子の、これまた手垢にまみれたという手垢にまみれた言語だけがあった。

こうして俺はキリギリスを眼に入れたまま、春を迎えた。

青空

どこまでも澄んだ青い空に少年期の夢、消年の季、キ、キキ、危機、キ、えっ？　気、狂い、ヨミ、甦り、いくつもの電線、その空隙を撃ち、青空へ----
えっ？　へへ
雲ひとつない。珍しいね、根、ネ、音、涅槃。
幸せだ、俺は生きている、僥倖。職場は活気に満ち、家族は優しく、近所の人達は親切だ。
そんな青空の下、崖下、凱歌、俺にとってかけがえのないひとつが失われようとしているが、俺はどんな絶望にも耐えられる。
マスクだらけの国で、素顔を晒すと睨みつけられる広場で、相も変わらず、病と死を恐れるこの青空崖下、凱歌、えっ、えっ、駅、液、疫で、それとはまったく無関係の、系の、ひとつの自然、そう、ソソ、楚楚、そんな、ソウ、喪失、ちっぽけな、いや、違う、でけえぞ、えっ、へへ、ああ、俺はそんな絶望にも耐えられる。

晩夏

小箱から滴る声に耳朶は持っていかれ、冷えた図とグラフは水晶体を緩やかに刺す。不安と恐怖と……やがて沸騰し、怒りへと変異し、そこに「理」が加われば、俺は一匹の立派な「正義」の殺人者になるだろう。

向日葵には表情がない。

マスクを外した子は顔半分が白く、現れた白い鼻梁を、それが白いせいではないだろうが叱責された。俺は俺で長く伸びちまった舌を揶揄されたけどね。

あの果てしない空のもと、間隔だけが凍った黴の実験室で。

向日葵が発熱しているようだ。検温すれば三十七度四分という微妙な域。

かつて、少年の晩夏、勢いよく水を飲んだ。最後の部活の涸れた喉が、敗れた試合の、バレーボールの液を欲し、水筒の底に仕組まれた下級生達の悪戯、あるいは親愛だったのか、その蜂蜜をただ、やけに甘い水だという鈍感な味覚で、肺に吸引していた。

新年の息達

色褪せた工場の黄昏時に失職した男達の乾いた汗、
オンラインへと滲み出た息達。
夢破れた子供達が緑苔の競技場で白いレーンに噎せ、過呼吸の発作の息達。

不規則な曲解の時計と棺が……見える。

収容され、不意の面会の禁忌のプレート、老婆達の
優しげな微かな吐息。
差異は捨象され、悲しい無臭の悪罵、加速した、こ
の世界に、白布の息。

個の丘として聳えていたが甘い楽園に囲繞され、狂った同心円の山脈への回収、裂傷負い、割れた唇から途切れた息も。

息が。息が。息を。息を……欲する。

古びたカオスの土に接吻し、そこに埋もれた息を嗅ぎ分け、声をも吸引しようと耳も澄ました。求婚するのか、いにしえの家。痴れ者として。

あるいは新たな年の人間達が吐き出すほんたうの生き物の濁った肺胞を夢見、金雲母のかわらけに賽を振るのか、酔いどれの舌。

新年の息達。まだ見ぬ息と埋葬された息が。

波と影──如月カタストロフ

巨大な波が打ち寄せ、轟音響く、白い飛沫よ。子供の頃見た。妖怪の運転する車で、窓を全開にし、音と匂いを全身に浴びた。車は妖怪の故郷の半島へ曲線を描く。

夜、酩酊の町。半年で喧騒から静寂へと急変した中華蕎麦屋の暖簾、揺れる、街灯の下の揺れる、いびつな俺の影。狂いの光。混乱の路地。寡黙な看板。霊気に包まれた家並の迷路、が這う。その中で僅かに開かれた窓、が、あり、そこからひとりの少年、が、背を屈め、ギリシア神話の絵本に吸い寄せられ、ペテルギウスに魅せられた。傴僂と呼ばれたかつての俺、その影、影の揺れる波。

如月カタストロフ。西行の愛した月だった。俺達はまた破滅へと向かっていくようだ。「いいね」とボタンを噛み、半分だけ自分で自分の首を絞め、苦しいとも言えず。ごらん。月がとてもきれいだ。もうすぐ桜だって。揺れている。波。影。あとほんの少し。

さあ出発だ、元気を出して

まだ夜の明けぬ濃紺の空の下、響く遠くの鳥の鳴き声、車のクラクション、小さな雨、死者達の皮膚も感じながら、眠い身体を、かつて信じた精神の力で克服し、澄んだ水色のビニールの鞄を持ち、俺はあの駅を、乾いた舌に馴染んでしまったあの駅を、液を、目ざして、歩いていった……のを覚えている。

やってくるかどうかもわからぬ列車を、信じるとか信じないとか、そんな次元とは異なる、かつて抱いていた夢に包まれ大腿骨で待っていた……のを覚えている。

俺にとって重要なのは愛する者の苦しみであって、

ミズシラズの石や草や土の数値はどうでもよく無関心であるが、それでも何かの拍子に、それを知ってしまい、愛してしまったならば、石も草も土も、その数値も二人称であり、俺を苦しめる。そうだ。問題は二人称の亀裂だ。

さあ、もう一度出発する。夜や、雨や、狂うような夏の気配も、この身体を襲うが、かすれていく記憶、出発の狼煙の「元気を出して」などという、かつて唾棄した太鼓を呪詛しながらも叩き、まだ夜の明けぬ濃紺の空の下、響く遠くの、あの鞄、あの疫、あの列車、やってくるかどうかもわからぬ、幻視の線路の光栄とその虚妄。

プシュケ残ル

銃声響く夏休みの午前九時、古びた木の家で、ひとり畳に座り、その止まらない音に耳を傾け、ひび割れた窓ガラスに目を向け、時折思いきって近づき、外に目をやり、身を守ろうとは思っていたが、目は見開き、逃げはしないが、必ず生き残り、大人になったら絶対この世界を変えてやろうと思った。みんなが笑いあえる。手をとりあえる。

光化学スモッグとかいう奴が襲う夏休みの午前苦時、新たな団地のコンクリートのキッチンで、ひとり佇み、その止まらないサイレンに耳を傾け、汚濁のカーテンに手を向け、時折思いきって近づき、中に手をやり、身を守ろうとは思っていたが、手は大きく開き、逃げはしないが、必ず生き残り、大人になったら絶対この世界を変えてみせると吼えた。みんなが太陽を浴びる。外で遊べる。

未知の新型ウイルスとかいう奴が消え去らない夏休みの午前九時、惑星の片隅の原っぱで、ひとりほほ笑み、その止まらないパンデミックに体を傾け、狂ったメディアには体をそむけ、時折思いきって離れ、細胞に水をやり、身を守ろうとは思っていたが、体は大きく開き、逃げはしないが、必ずプシュケ残り、大人になったら絶対この世界を変えてやると決めて、蝶が舞った。

忘却の終焉

すべてを忘れちまった昼、俺はぎらぎらと燃える太陽の元、焦げついた石を食い、草を舐め、糞尿を垂れ流していた。意味が剥落した、それでも言語らしきものを吐き、呟いていた。この身体がこの世に出現した時から吸収し続けた記憶、歴史、炎を……よろよろと歩き、海に辿り着き、かすれ、とろけ、それでも残っているのは……顔を挙げて空を眺め、息を吐き、空気を吸った。光合成などできはしないが。

ふう、あっは。

美を求めている。愛を求めている。熱と光を求め、狂いをも。

砂浜から聞こえる虫の声。
—ダイジョウブだよ。
腐れかかった森から聞こえる樹木の声。
—ふう、あっは、だいじょうぶさ。
風が吹いている。顔が吹いている。ぎらぎらと燃える夏の中ですべてを忘れちまった。
—大丈夫だ。

あとがき

ここにおさめられた作品の多くは、二〇一八年八月より静岡新聞の「読者文芸」に掲載されたもので、今回、本書の刊行に伴い一部加筆・訂正しました。すでに発表された作品は以下の通りです。

蓋の開閉（静岡新聞二〇一八年八月二十八日）
黒い電話（静岡新聞二〇一八年十一月二十七日）
死んだ店（静岡新聞二〇一九年三月二十六日）
故郷を憎む（静岡新聞二〇一九年五月二十八日）
雨が好きだ（静岡新聞二〇一九年六月二十五日）
ビルで吠える（静岡新聞二〇一九年一月三日）
奇妙な花（静岡新聞二〇二〇年一月二十八日）
校歌（なぜかパントゥム）（静岡新聞二〇一九年十一月二十六日）
沈黙のレタス（静岡新聞二〇一八年十月三十日）
アノマチ、カコマチ（ぬまづ文芸二〇一八年十一月）
巨大な雲にクルウ（静岡新聞二〇二一年四月二十七日）
第三の忘却（静岡新聞二〇二〇年一月三日）
幻の啄木鳥（静岡新聞二〇二〇年九月二十九日）

キリギリスが眼に入った（静岡新聞二〇二一年三月三十日）
青空（静岡新聞二〇二〇年四月二十八日）
晩夏（静岡新聞二〇二〇年八月二十五日）
新年の息遣（静岡新聞二〇二一年一月三日）
波と影―如月カタストロフ（静岡新聞二〇二一年二月二十三日）
さあ出発だ、元気を出して（静岡新聞二〇二一年五月二十五日）
忘却の終焉（静岡新聞二〇二一年八月三十一日）

選者である野村喜和夫氏には、毎回丁寧に批評していただき感謝しています。ここ数年、詩から離れていたのですが、突然、また言葉があらわれ、静岡新聞に投稿したのがきっかけで、再び書くようになりました。野村氏の選評には深く考えさせられた点が多々ありました。

高校時代の同級生（三年六組）の山本哲也氏、狩野信裕氏、松井信之氏には写真を提供していただきました。感謝します。

そして、まだ私が二十歳そこそこの生意気で、世間知らずで、どう生きていったらよいかもわからず混乱していた頃（今でもそうかもしれませんが）、新日本文学でお会いし、以来四十年近くもの間、私の作品を見ていただいた藤本瑝氏には、お礼という言葉では表せないものがあります。時に厳しく、時にやさしく（というよりほとんど厳しかったのですが）私を導いてくれました。

この書がこの世界にかすかな震えをもたらせたならと思っています。

水野満尋

【著者略歴】

水野　満尋（みずの　みちひろ）

1961年静岡県掛川市に生まれる。

詩集『青獣』（文芸社 2001年）

詩集『いきつづけるものたち』（新生出版 2005年）

忘却の審判

令和三年十一月十八日　初版発行

著　者／水野満尋

発行者

制　作／静岡新聞社

発売元

〒四二二－八〇三三

静岡市駿河区登呂三－一－一

電話〇五四－二八四－一六六六

印刷・製本／藤原印刷

定価はカバーに表示しています

乱丁・落丁本はお取替えいたします

ISBN978-4-7838-8034-9　C0092